ESSAIS

POÉTIQUES

PAR

LOUISE-EUGÉNIE BALLY

ALGER

Imprimerie E. Bestel, place du Soudan, 4

—

1849

ESSAIS POÉTIQUES

ESSAIS

POÉTIQUES

PAR

LOUISE-EUGÉNIE BALLY

ALGER

Imprimerie E. Bestel, place du Soudan, 4

—

1849

 ALGER

Ne me demandez pas qui je suis... Je l'ignore,
D'où je viens, où je vais, et que m'importe à moi,
La fleur au doux parfum, et la harpe sonore,
De destins inconnus doivent suivre la loi.

  Le ruisseau baigne la prairie,
  L'églantine orne les buissons,
  Le fleuve au fleuve se marie,
  Le soleil verse ses rayons,
Sans savoir plus que moi, quelle force suprême,
Les guide, les protége, ou leur trace un chemin ;
Sans savoir l'avenir, ou le passé lui-même,
Secrets d'un Dieu puissant, qui commande au destin.

Sous des cieux obscurcis par de sombres nuages
J'ai vécu bien longtemps, heureuse de rêver,
Heureuse de m'asseoir en quelque lieu sauvage,

Et d'entendre la vague ou le vent murmurer.
  Les jours sereins étaient mes fêtes,
  Les jours nébuleux mes ennuis.
  La voix des bardes, des poètes,
  Enchantait mes jours et mes nuits.
Cette voix me semblait un écho de mon âme,
Qu'eussé-je dit après tous ces chantres divins?
Je vivais de leur vie, et brûlais de leur flamme, [tins.]
Leurs pleurs étaient mes pleurs, leurs destins mes des-

De les rejoindre au ciel, je berçais l'espérance,
Eux seuls, qui répondaient aux besoins de mon cœur;
Et parmi les mortels, je passais en silence,
Comme une ombre, un rayon, un nuage, une fleur!
  Mais, ô ma nouvelle patrie,
  Alger, sous ton ciel embrâsé,
  De silence et de rêverie,
  Mon cœur tout-à-coup s'est lassé!
Du vent de tes déserts en aspirant l'haleine,
Et l'arome enivrant de tes brillantes fleurs,
J'ai senti dans mon corps couler de veine en veine
Un feu subtil et pur et d'étranges ardeurs.

Des voix de l'univers écoutant l'harmonie,
Je désirai mêler la mienne à leurs concerts;
Pour la première fois, ô noble poésie!
Tu sortis de mon sein et je chantai des vers.
  Un jour brillant venait de naître,
  La France criait liberté,
  Elle ne voulait plus de maître

Mais, l'honneur, la fraternité.
Héroïques enfans d'une mère adorée,
Ses fils, avec du sang, avaient conquis leurs droits;
Ils avaient, aux regards de l'Europe étonnée,
Déployé leur bannière et détrôné les rois.

Pardonne, ô Liberté! Partageant leur ivresse,
En ces jours glorieux, j'osai chanter ton nom;
J'osai te consacrer, oubliant ma faiblesse,
Le premier de mes chants, ô Liberté, pardon!
    Si jamais ma voix plus sonore,
    Peut charmer ou toucher un cœur,
    O Liberté! toi que j'adore,
    Toi, mon trésor, toi, mon bonheur,
Je te consacrerai mon talent et mon âme,
En vers harmonieux, à la postérité,
Je dirai quels transports, je dirai quelle flamme,
Remplissent tous les cœurs épris de ta beauté!

Jusqu'à ce jour, hélas! qui peut ne jamais luire,
Alger, ton ciel d'azur et tes riants côteaux,
Tes rivages aimés, ta vague qui soupire,
Ou mûgit en courroux autour de tes vaisseaux.
    Tes verts palmiers et tes mosquées,
    Ton air si pur, tes jours brillants,
    Tes nuits paisibles, étoilées,
    Seront les sujets de mes chants!
De tes destins futurs, de ta gloire naissante,
A ceux qui t'aimeront, je parlerai toujours,
Car moi, je t'aime aussi d'une amitié constante,
Et je te veux heureux comme on veut ses amours.

Pour ces vœux de mon cœur, pour ma vive tendresse,
Alger, je ne veux rien que l'oubli, le repos,
Les rayons du soleil et la douce caresse
Du zéphyr embeaumé, jouant dans les rameaux,
    Et quand se clora ma paupière,
    Pour un long et dernier sommeil,
    Un peu d'herbe, près d'une pierre,
    Jusques à l'heure du réveil!
Car, on ne dort pas mieux dans un grand mausolée
Que sous l'herbe des champs, car, au sein de la mort,
Il n'est d'autre bonheur que d'être regrettée
Par un être chéri, qui vous survit encor!

MES TRISTESSES

O vous qui me voyez sourire,
Qui trouvez mon front radieux,
Qui recueillez les mots heureux
Que quelque dieu caché m'inspire.
Vous dites : « De son sort ne prenons point souci;
« Heureux qui sait comme elle avancer dans la vie,
« Les rayons du soleil, les fleurs, la poésie,
    « Trésors à l'abri de l'envie,
    « Sont les seuls que jusques ici
    « Elle ambitionna sur la terre.

« Semblable à la feuille légère
« Enlevée à sa tige et le jouet du vent,
« Sans vouloir résister au pouvoir qui l'entraîne,
« Tantôt sur les côteaux, tantôt rasant la plaine,
« Sans crainte, sans regrets, sans tristes souvenirs,
« Elle va, vient, revient de l'aurore au couchant.
« Le ciel qui la protége a borné ses désirs.

    « Pour elle tout est bien ; son âme
    « Jamais ne s'émeut, ne s'enflamme
« D'un courroux inutile, et tous ces vains hochets
       « Que la foule désire,
« Titres et diamants, équipage, palais,
    « N'ont pas eu l'art de la séduire.
« Rien ne lui paraît beau que la simplicité ;
« Elle en fait sa compagne. Avec la liberté,
« Cette simplicité, qui si bien se marie,
    « Fait tout le charme de sa vie.
« Peut-être l'amitié, rare et divin trésor,
    « Vient et s'y joint encor.
« Enfin, elle est heureuse : en la voyant sourire
    « On peut le croire, on peut le dire. »

Ainsi vous vous plaisez à lire dans mon cœur,
    Et croyez y voir le bonheur,
Le bonheur vrai, constant, qui n'est pas de ce monde.
    Ainsi, tous, sujets à l'erreur
Nous voulons à l'envi, découvrir, révéler
    Ce que le Ciel veut nous cacher.
Nous voulons pénétrer les secrets de nos frères,
De ceux, qui nous voilant leurs profondes misères,

Ont des sourires, ont des chants,
Pour tromper les indifférents :
Et qui, dans leurs douleurs suprêmes,
N'ont d'autres confidents qu'eux-mêmes !

Eh bien ! oui, je souris parfois avec bonheur ;
Oui, j'aime le soleil, son éclat, sa chaleur.
J'aime les fleurs, les bois, la mer, la poésie,
De la simplicité, je fais tous mes atours.
Je n'enviai jamais l'opulence des cours;
Ni même le comfort de notre bourgeoisie.
Oui, je vis sans souci du jour, du lendemain ;
Je marche sans trembler au-devant du destin.
  Comme la feuille enlevée au rameau,
Je suis le vent ou le courant de l'eau ;
Je vais de l'aurore au couchant,

> Partout où le sort me promène,
> Sans douter du Dieu qui me mène,
> Du Dieu dont je suis un enfant.
> J'ai souvent de gracieux rêves,
> Des rêves d'amitié, d'amour,
> En me promenant sur les grèves,
> A l'aurore, au déclin du jour.
> Parfois je crois à mon génie,
> Aux éloges de l'avenir :
> Ou je songe que ma patrie,
> N'aura plus de maux à souffrir !

Mais, hélas ! tous ces biens que m'accordent les cieux,
Les seuls qui me fassent envie,

Je les paie ou je les expie
Par un tourment, un mal affreux.
Une noire mélancolie
Souvent à mes regards assombrit l'univers.
Dans les lieux habités, ou dans les lieux déserts,
Partout elle me suit, compagne inexorable,
Elle m'étreint, me dompte, et m'enchaîne et m'accable,
Sans que je puisse résister.
Alors, je ne sais plus aimer,
Je n'ai plus de foi, d'espérance ;
Je ne veux rien que ma souffrance
Des pleurs qu'elle me fait verser,
Comme d'un nectar je m'enivre,
Je me roule dans ma douleur ;
Puis, tout-à-coup, lasse de vivre,
Comme on désire le bonheur
Je désire la mort, et l'appelle et l'implore.
Je la compare aux biens d'un monde que j'abhorre,
Et la préfère à tous... De sinistres projets
Pour en avancer l'heure assiégent ma pensée.
Ainsi, de noirs démons, une troupe acharnée,
Vient torturer une âme et lui ravit la paix.

Ce sont bien des démons alors qui m'environnent ;
Je puis les reconnaître aux conseils qu'ils me donnent.
Les anges du Seigneur enseignent les vertus ;
Mais, le crime est loué par les anges déchus !
... L'un m'offre du poison comme un divin breuvage
Qui guérit toutes les douleurs,
L'autre, du haut sommet de quelque roc sauvage,

D'un abîme effrayant m'offre les profondeurs.
Tous, d'un sourire amer, d'un regard ironique
Accueillent de mon cœur la crainte, le remord.
Que crois-tu donc, enfant, qu'on trouve après la mort,
Veux-tu, me disent-ils, qu'un de nous te l'explique ?
On trouve le repos, rien de plus... De ton sort,
    Si réellement fatiguée
    Tu veux changer ta destinée ;
Tu le peux à l'instant. Crois-nous, femme craintive,
Ainsi que pour cueillir ou la figue ou l'olive,
Il ne faut pour changer le plus cruel destin,
Qu'un moment de vouloir, un geste de la main.

. . . .

    Et moi, j'hésite, je chancelle,
    Hélas ! et quelquefois j'appelle
    Un ange pour me secourir ;
    Il vient... « Eh ! quoi ! tu veux mourir,
    « Me dit-il, ô femme insensée !
    « Mais, vois le soleil, la rosée,
    « Les fleurs, les ondes et les bois.
    « Du rossignol entends la voix
    « Harmonieuse, cadencée ?
    « Offre ton front au vent du nord ;
    « Qu'il joue avec ta chevelure.
    « Entends le ruisseau qui murmure
    « En suivant lentement le bord
    « De quelques touffes de verdure.
    « Reprends l'amour de la nature.
    « Vis tant que le voudra le Ciel.
    « Toute vie a ses jouissances,

« Toute fleur sa goutte de miel.

« Puis..... sache que les existences,

« De Dieu sont le bien, le trésor,

« Et qu'il en est jaloux. O femme et sache encor,

« Que ta vie est liée à nombre d'autres vies,

« Que, si tout vit pour toi, tu dois vivre à ton tour

« Pour tout objet créé, pour la nuit, pour le jour ;

« Tu dois ton souffle au vent, ta voix aux harmonies,

« Ton regard au ciel pur et ton image aux flots.

« Tu dois un gai sourire à l'enfance rieuse.

« Une larme au malheur. Si tu veux être heureuse,

« Donne ce que tu dois : c'est le prix du repos.

« Si du ciel à tes yeux, Dieu permet qu'un nuage

« Ternisse la beauté ; s'il t'envoie un orage,

« Ou quelques sombres nuits; combien de jours sereins

« Parfumés et riants, combien de frais matins,

>« De tièdes et douces soirées,

>« Combien de brises embaumées,

« Ne t'a-t-il pas donnés, comme aux autres humains.

« Il t'en réserve encor, peut-être que ses mains

>« De trésors pour toi sont remplies,

>« Peut-être, ce bonheur, que dans tes rêveries

>« Tu caresses souvent, sans oser l'espérer,

>« Est celui qu'il va te donner !

« Peut-être au fond du vase où tu crains de puiser,

« Que repousse ta main, que ta lèvre méprise,

« Il a placé le suc ou le miel le plus doux.

« Peut-être il te réserve une heureuse surprise.

« Car, c'est lui qui plaça le feu dans les cailloux,

« L'or au sein des rochers, l'oasis aux déserts,

« Le parfum dans la fleur, la perle au fond des mers !

A ces mots consolants, je renais, je respire,
Et l'esprit tentateur s'éloigne consterné.
Du mal qui l'obsédait, de son fatal délire,
Pour une fois encor mon cœur est délivré.
Mais ce mal..... En quels lieux reçut-il sa naissance ?
Qui le donne aux mortels, quels pays, quels climats ?
Le font naître ou grandir : ne le saurais-je pas ?
Albion, toi qu'on voit constamment attristée
Par de sombres brouillards ; toi que la renommée,
N'accuse pas en vain de nourrir la folie,
De tes enfants voués à l'ennui de la vie ;
Ce n'est pas dans le sein de tes noires cités,
Que de pleurs sans sujets mes yeux se sont baignés
Pour la première fois. Dans tes riches demeures,
Où la froide étiquette éternise les heures,
Dans tes streets, tes bazars, où le pauvre muet
Comme une ombre du Styx à nos yeux apparait ;
Dans tes sqares glacés, où la fleur incolore,
Cherche en vain dans le ciel le couchant ou l'aurore,
Dans tes bois sans parfums, j'ai porté ma douleur,
Mais, je ne te dois rien, ni chagrin, ni bonheur.

Enfant, j'avais déjà de profondes tristesses.
De douloureux instants, où, ni jeux ni caresses
         Ne me pouvaient charmer :
         Où je ne voulais que pleurer.
De ma ville natale, il n'est dans ma pensée
         Qu'un vague souvenir,

A peine l'ai-je vue, et soudain l'ai quittée,
        Pour n'y plus revenir ;
Et bien, même en ces lieux, j'ai répandu des larmes,
Puis bientôt, ô Léman, sur tes bords pleins de charmes,
Triste, je vins rêver en contemplant les cieux
        Se refléter dans tes flots bleus.
Le Salève et les monts dont les cimes chenues
S'échelonnent au loin, se perdent dans les nues ;
Les châlets, les hameaux, ont vu mon front d'enfant,
        Pâle et rêveur bien qu'innocent.
J'ai porté mes ennuis de la Suisse à la France,
Sur les rives du Rhône, au sein de la Provence,
Entre ses bois de pins, ses tristes oliviers,
Dans ses champs sans verdure, sur ses poudreux sentiers
        Bordés d'égoïstes murailles.
        Enfin, qnand le dieu des batailles,
De l'Afrique au Français enseigna le chemin,
        Dans Aldjezaïr étonnée
        De sa nouvelle destinée,
        Je vins, subissant mon destin,
        Mêler mes soupirs aux orages
        Et mes rêves aux cris sauvages
        Du chacal et du Bédouin.
Puis, vers d'autres climats, pauvre oiseau voyageur,
Je retournai bientôt. Un semblant de bonheur
Partout suivait mes pas puisque j'étais aimée ;
Mais mon cœur inquiet et ma triste pensée
Décoloraient pour moi l'existence et l'amour.
Aucun être, aucun lieu, n'ont pu d'un heureux jour
D'un jour sans un tourment me donner le trésor.

Sur les continents, sur les îles,
Sur la terre ou les flots mobiles,
Au midi, sous le ciel du Nord,
Partout de ma tristesse entourée ou suivie
J'ai déploré ce bien qu'on appelle la vie !

Plusieurs pour consoler ou charmer mon ennui
M'ont dit : « Ce mal sans nom, qui te frappe et te suit,
« C'est le signe certain que le Ciel t'a choisie
« Pour quelque œuvre sacrée ! ô chimère ! ô folie ! »
Ainsi, d'une victime on trompait les douleurs,
        On préconisait le supplice,
En couronnant son front de verdure et de fleurs,
Lorsque des dieux cruels voulaient un sacrifice.
Mais je repousse au loin un chimérique espoir :
Dans les décrets du Ciel quel mortel a pu voir ?
Tel entre les humains révèle son génie
Au milieu des tourments d'une lente agonie,
Et trouve en militant un illustre renom.
Tel autre souffre et meurt sans qu'on sache son nom,
Plusieurs, forts et puissants, s'avancent vers la gloire
En couronnant leurs fronts de myrtes, de lauriers.
D'autres, nonchalemment, suivant de frais sentiers,
Font ces rêves charmants que garde la mémoire !
Et nul ne peut prévoir l'avenir qui l'attend :

. . . .

Toute plante a sa destinée
Sur le sol où Dieu l'a placée ;
L'une croît sous des cieux brûlants

Et tombe bientôt desséchée.

L'autre a les neiges, les autans,

Vit de longs jours, triste, glacée ;

Aucune ne sait son destin.

Le thym ne prédit pas au chêne

Des siècles d'existence, et le chêne au sapin

Ne dit pas : « Tu seras le mât ou la carène

« Du navire qui fend les flots

« Ou le triste cercueil du pâtre, du héros. »

L'homme seul a donc la manie

De vouloir pénétrer les secrets de la vie ;

Bien qu'il ignore autant que l'arbre ou l'arbrisseau,

Bien qu'il ne sache pas ce que vaut un sourire,

Une phrase, un regard :

Bien qu'il ne juge qu'au hasard

Des cœurs où son œil ne peut lire ;

Et que, semblable à vous qui venez de louer

Et mon existence et ses charmes,

Il ne devine pas les larmes

Que ses yeux n'ont pas vu couler !

L'AUTOMNE

Oui, j'ai toujours aimé ta touchante beauté,

Et ton ciel nuageux empli de majesté,

Automne humide et vaporeuse ;

Quand l'ombrage des bois, entassé sous mes pas,

Bruissait plaintivement en parlant du trépas,

Je tressaillais, j'étais heureuse !

Les fleurs parlent d'amour, toi, tu parles de mort,
Et pourtant tes accens nous révèlent encor
        De riches et douces pensées ;
N'est-ce pas un bonheur puisque tout doit finir,
Les amitiés, l'amour, de dire on doit mourir
        Comme ces feuilles desséchées !

Comme elles, sous les pas, brisés, mais sans douleur,
Nous braverons un jour les orages du cœur,
        Les regrets, la douleur amère ;
Plus rien ne nous sera ni le froid aquilon ,
Ni les jours sans soleil, ni l'oubli du vallon,
        Ni celui d'une âme trop chère !

Ou, si de souvenir, de désir et d'amour,
Nous devons vivre encor dans un autre séjour ;
        Nos joies y seront éternelles ;
Là, ne changeant jamais d'âges ou de saisons,
Nos fronts toujours ornés de célestes rayons
        Auront des beautés immortelles !

O triste espoir du faible et du deshérité !
Aumône, faux trésor, que la fraternité
    T'exile à jamais de la terre ;
Car les temps ont passé sans pouvoir t'ennoblir ;
Toujours tu fus amère, et toujours fis rougir
    L'homme abaissé devant un frère.

Aussi, des nobles cœurs ton nom devint l'effroi ;
Combien d'infortunés ont pali devant toi,
    Te regardant comme un outrage !
Combien, voilant leurs pleurs, étouffant leurs soupirs
Sont morts en te fuyant, héroïques martyrs
    Animés d'un sombre courage.

Rachetons leurs douleurs ! en ces jours glorieux,
Préparons à nos fils un avenir heureux,
    Ouvrons-leur une ère nouvelle ;
Qu'ils n'invoquent jamais un regard de pitié,
Mais, qu'ils forment entre eux, guidés par l'amitié,
    Une alliance fraternelle.

Au soldat invalide, à l'artiste, au penseur,
Qui nous donne son sang, ses veilles, son labeur.
    Ouvrons un vaste prytanée :
Que l'enfant, le vieillard, que les êtres souffrants,
Respectés en tous lieux, trouvent des soins touchants,
    Que l'aumône soit détrônée !

Proclamons son exil, mais, par un noble adieu,
Consolons sa douleur, si des temples de Dieu ,
    Si de nos palais, de nos fêtes,
L'aumône repoussée expire de regrets,
Entourons son tombeau de roses, de cyprès,
    Donnons-lui des chants de poètes !

Ne soyons pas ingrats. Avant que de ses feux
L'aurore embrâse l'onde et les monts et les cieux
    Et la colline et la vallée,
Il naît un faible jour. Du ciel c'est le réveil ;
L'aumône fut ce jour précurseur du soleil
    Pour notre terre désolée !

Quand sur un sol inculte, envahi par les eaux,
Les immenses forêts, les monstres, les fléaux,
    L'homme dut, épris de la vie,
Affronter des périls renouvelés toujours
Travailler et combattre, et défendre ses jours
    Contre une nature ennemie ;

Son cœur s'attacha trop à des biens passagers
Qui lui coûtaient si cher. Au milieu des dangers

Il déifia la vaillance !
La force fut son droit, et le faible opprimé,
Bientôt, devint esclave et vécut enchaîné
En maudissant son existence.

Mais, ces fiers oppresseurs, ces rois, ces demi-dieux,
Eurent des fils un jour qui, naissant plus heureux
Compatirent à la souffrance ;
Aux trésors paternels leur généreuse main
Puisa pour soutenir le faible, l'orphelin,
L'aumône leur dût sa naissance.

Alors, on vit le miel, l'olive, le froment,
Donnés avec bonheur au pauvre mendiant
Par l'enfant que guidait sa mère ;
Et la vierge naïve, offrit sur le chemin
A l'aveugle, au vieillard, la moitié de son pain
Du lait, et les fruits de la terre.

Le seuil hospitalier s'ouvrit au malheureux ;
On écouta sa plainte, on essuya ses yeux,
On se fit une loi sacrée
De soulager ses maux ; l'aumône, la pitié,
A défaut de justice et de tendre amitié
Consolaient une âme attristée.

Parfois même, on voyait, comme un flambeau divin
Paraître dans le monde un homme juste, un saint
Qui, devançant les jours à naître
Offrait à l'indigent un utile labeur,

Et qui, de l'infortune épargnant la pudeur
    Sanctifiait le nom de maître.

Tel apparut Booz, vieillard au cœur pieux,
Dans ses champs fécondés que bénissent les cieux
    Viens, accours, ô jeune glaneuse,
Les épis sous tes pas tomberont à foison
Et, désirant glaner tu feras la moisson
    Sans rougir tu seras heureuse !

Mais, ainsi qu'une source au milieu des déserts
Ne change pas le sable en des ombrages verts,
    Un homme vertueux, un sage,
Ne changeait pas le monde. Aussi combien de pleurs
Se versaient en secret dans ces jours de malheurs,
    D'injustices et d'esclavage !

Il ne se pouvait pas que tant d'infortunés
Au hasard de l'aumône, hélas! abandonnés,
    N'eussent des jours pleins de souffrances,
Et que, plus d'un, trouvant dans son malheureux sort
L'excuse au désespoir, en se donnant la mort
    N'invoquât le Dieu des vengeances.

Le Christ, le Christ lui seul, Phare de l'univers
Soleil éblouissant des cités, des déserts,
    Verbe divin, divin mystère,
Devait aux yeux de tous, ô sainte vérité !
Angéliques vertus, amour, fraternité,
    Vous inaugurer sur la terre.

Lui seul pouvait montrer aux hommes égarés
Une route nouvelle ou des devoirs sacrés,
    Et parmi nos races humaines,
Jeter ce cri d'amour, profond, retentissant,
Qui, pareil à l'éclair, dans un rapide instant
    Traversa les monts et les plaines.

Vainement, plein d'orgueil et de haine et d'effroi,
Les méchants assemblés s'unirent contre toi.
    Loi du Christ, ô loi fraternelle!
Chaque effort de leurs bras pour te pulvériser,
Chaque injure nouvelle, au lieu de t'abaisser,
    Te rendait plus sainte et plus belle!

Et tu vins jusqu'à nous, et nous t'ouvrons nos cœurs,
De notre monde enfin, viens finir les douleurs ;
    Et révèle-toi tout entière.
Apprends à tous, que Dieu, le père des humains,
Les créa tous égaux, que ses puissantes mains
    A tous ont donné la lumière.

Dis, que le feu, les eaux et la terre et les airs
Appartiennent à tous et que, dans l'univers,
    S'il est un injuste partage ;
Dieu toujours a maudit ses enfants criminels,
Avides, corrompus, qui, des biens paternels
    Osaient dérober l'héritage.

Dis surtout, dis au fort, au puissant orgueilleux,
Qui se croit follement le plus grand sous les cieux;

Que, fut-il assis sur un trône,
Il ne peut à son frère, à l'enfant du Seigneur,
Jeter le cuivre ou l'or du haut de sa grandeur,
        Et donner le pain de l'aumône!

Un père entre ses fils partage avec amour,
Le travail ou le gain, le plus pauvre séjour,
        Ou la demeure la plus belle;
Un frère avec un frère est toujours de moitié
Et ne peut recevoir un regard de pitié
        Dans la demeure paternelle.

Nous, fils d'un Dieu puissant, nous frères sous le Ciel,
Partageons de la vie et l'absynthe et le miel;
        Partageons les fleurs, la rosée,
Les rayons du soleil et l'ombrage des bois,
De la fraternité suivons les saintes lois,
        Car un Dieu nous l'a révélée!

O Christ! ô rédempteur, ton jour est arrivé,
Les siècles ont mûri, le temps a consacré
        Ta vive et féconde parole;
Déjà cette parole a changé l'univers,
Déjà de toutes parts elle brise des fers,
        Unit les cœurs et les console.

L'égoïsme déjà devant elle éperdu
Renonce à ses trésors et l'orgueil abattu
        Cache son front dans la poussière;
Déjà le nom de frère est partout respecté,

Et du Nord au Midi, sainte fraternité,
   Nous voyons flotter ta bannière.

Servons-lui de soutien, qu'un magnanime effort
Des peuples à jamais vienne fixer le sort.
   Et le rende à jamais prospère.
Que tous, de ces beaux jours gardent le souvenir,
Bénissent le présent, marchent vers l'avenir,
   En se donnant le nom de frère!

Alors, comme étonnée après un long sommeil,
Une âme se contemple, assiste à son réveil,
   Ainsi, la terre émerveillée
Contemplera ses fils, tous égaux, tous heureux,
Et sous leurs bras unis, s'embellissant pour eux,
   Sera partout régénérée!

Mon Dieu, quand le sommeil vient fermer ma paupière
Pourquoi ces songes vains qui troublent mon repos ?
Pourquoi ces souvenirs des choses de la terre,
Et ces humaines voix, fantastiques échos ?
    N'est-ce pas assez que la vie
    De tant de douleurs soit remplie,
    Dans ses tristes réalités ?
    Faut-il que nos cœurs attristés
Trouvent dans le sommeil d'inutiles alarmes,
    Pour éterniser leurs ennuis ;
Et que nos yeux encor doivent verser des larmes
    Durant les rêves de nos nuits.

Si les songes étaient des conseils salutaires,
Envoyés par le ciel aux malheureux humains,
Si, près de nos chevets, des anges tutélaires
En nous les inspirant veillaient à nos destins ;
    Rêver serait un bien suprême,
    Quand fuirait la clarté du jour
    On invoquerait pour soi-même
    Et pour ceux qu'on aime d'amour,
Ces rêves, devenus les leçons prophétiques
    Des anges qui peuplent les cieux ;
Et d'un Dieu tout puissant les faveurs symboliques
    Et les dons les plus précieux.

Mais, ces rêves, hélas, ne sont rien que folie,
Incohérents et nuls pour guider l'avenir ;
Par lambeaux déchirés ils reflètent la vie,
Et trop souvent encor blessent un souvenir.
        Souvent d'un frère ou d'une amie,
        Avec une amère ironie
        Ils dépoétisent les traits;
        Souvent des plus cruels forfaits
A nos yeux éperdus ils les montrent coupables,
        Punis à la face des cieux,
Il n'est pas de tourments, de douloureuses fables
        Qui ne soient inventés par eux !

Pourtant, plusieurs ont cru que parfois dans les songes
Dieu, daignait aux humains révéler l'avenir,
Et que certains mortels, sous d'apparents mensonges,
Par un art enchanteur savaient le découvrir ;
        Mais eussions-nous cette croyance,
        Mon Dieu, quel bonheur espérer
        De voir, de connaître à l'avance
        Le malheur qui nous doit frapper ;
Si, par notre sagesse ou nos longues prières
        Nous ne changeons pas les destins,
Que l'avenir pour nous garde tous ses mystères,
        Et nous cache des maux certains !

LE DOUTE

Je souffre, il est un mal, inévitable, affreux,
Qui dévore ma vie et me suit en tous lieux;
    Comme un poison lent il consume
Les forces de mon cœur. Quand, des autres humains
Les jours sont pleins de joie, et brillants et sereins,
    Les miens sont remplis d'amertume.

Et ce mal, ennemi cruel et tout puissant,
C'est le doute, lui seul. Peut-être un long tourment
    A précédé sa tyrannie.
Peut-être la douleur a tracé son chemin
L'a conduit, l'a versé, comme un fatal venin,
    Dans mon âme qu'il a flétrie!

Mais, sur les jours passés jetons un voile épais,
De douter, de souffrir, cesserai-je jamais
    Je doute de tout sur la terre.
Je doute des serments faits aux pieds des autels,
Sur les livres sacrés, en des jours solennels
    Entre l'encens et la prière!

Je doute de ces cœurs aujourd'hui pleins de feu
Qui, de la liberté viennent de faire un Dieu,
    Qui bravent tout pour la patrie ;
Et je crains que ces mots tant de fois répétés
De frères, de devoirs, de droits, de libertés,
    Ne soient qu'une amère ironie.

Je doute des regrets d'un amant, d'un époux,
Bien que sur un tombeau je les voie à genoux
    Pleurant une amante, une amie ;
Je doute de l'ami que désire mon cœur,
Qui me dit, aimons-nous, aimer c'est le bonheur
    Le seul que nous offre la vie !

Hélas ! de l'amour même, ô profondes douleurs !
Je dédaigne la plainte et méprise les pleurs,
    Par un ironique sourire
Je paie un tendre aveu. Ni larmes, ni serments,
Ne convainquent mon cœur. Les plus doux sentiments
    Pour ce cœur ne sont qu'un martyre.

Je doute enfin, ô Dieu, que j'aime, que je sers,
Je doute de vos soins pour ce vaste univers ;
    Et parfois, de douleur brisée,
Je doute de mon âme et demande à la mort
Si, cette âme inquiète, un jour enfin s'endort,
    Pour ne plus être réveillée !

O ! des doutes amers qui guérit les esprits ?
Des hommes d'autre fois j'ai lu tous les écrits,

Et ma vue, hélas, s'est lassée
Sans qu'un rayon divin ait éclairé mon cœur ;
En des biens éternels, si croire est un bonheur,
　　Pourquoi suis-je deshéritée !

Pourtant, j'ai soif d'amour, de foi, de doux espoir,
Mes mains veulent toucher, et mes yeux veulent voir
　　Ces trésors qui me font envie.
O vérité suprême ! O bonheur de la foi !
Dieu ne ne vous a-t-il pas aussi créés pour moi,
　　Suis-je abandonnée ou punie !

AU PHARISIEN MODERNE

O toi, qu'on voit frappé d'une erreur insensée ;
Atteindre en tous les lieux une place élevée ;
Comme le pharisien insolent, orgueilleux,
Tu nous fais de toi-même un éloge pompeux !
« J'ai passé, nous dis-tu, les jours de ma jeunesse
« A lire les écrits qui vantent la sagesse,
« Dans l'âge des plaisirs et des folles amours,
« Si, de mes passions, je n'ai pas su toujours
« Être maître et vainqueur, du moins avec adresse
« Aux yeux de la vertu, j'ai voilé ma faiblesse,

« Puis, bientôt j'ai compris ce qu'il fallait d'effort
« Pour s'ouvrir un chemin et commander au sort.
« J'ai veillé nuit et jour au soin de ma fortune,
« Écarté sur mes pas une foule importune ;
« Enfin j'ai réussi ! gloire à moi seulement.
« Aujourd'hui de mes biens je jouis noblement !
« Je me résigne au luxe en aidant l'industrie ;
« J'accepte des emplois pour servir ma patrie,
« Partout on voit mon nom ; je suis au premier rang
« Dès qu'on vient proposer quelque chose de grand.
« Au peuple inoffensif, au peuple misérable,
« J'accorde avec bonté les restes de ma table ;
« Mais je signe sa mort avec un front serein
« S'il s'abandonne au vol, entraîné par la faim,
« Comme le Dieu du Ciel je suis juste et sévère,
« Comme lui je suis grand, je suis Dieu sur la terre. »

Ainsi tu t'applaudis. Enivré du succès,
Tu méprises celui qui ne monta jamais
Celui que, sous tes pieds, tu foules avec joie,
Qui te sert de ponton à l'instant qu'il se noie,
Dont tu bois sans frémir le sang et la sueur,
Que tu sais gouverner par la faim, par la peur.
Et puis tu te crois grand ! ô folie, ô blasphême !
Mais Dieu qui te connaît te frappe d'anathème.
Pharisien d'aujourd'hui, ceux des siècles passés
Parfois, à nos regards, sont par toi surpassés ;
Mais le Christ t'a maudit ; il a, pour ton martyre,
Permis que sur ton front la vertu puisse lire.
Sous tous ces vains semblants de bonté, de grandeur,

Il nous a laissé voir dans le fond de ton cœur,
Ton égoïsme affreux, ton orgueil incroyable,
Ton mépris criminel pour l'être misérable
Et ton ferme vouloir d'arriver à tout prix,
A cette haute place où l'on te voit assis.

Eh bien! sur cette terre, où la vertu milite,
Où la plus humble place est donnée au mérite;
Au sein de tes honneurs, reçois pour châtiment
D'un être vertueux le regard pénétrant;
Et tremble que la foule, un jour désabusée,
Ne te choisisse enfin pour objet de risée,
N'arrache en se jouant, de ton front consterné,
Tous ces diamants faux dont il se montre orné :
Que ce soit là pour toi la redoutable épée
Aux voûtes des palais constamment attachée
Par un fil invisible. Aux songes de tes nuits
Que la terreur se mêle, et qu'elle soit le prix
De tes discours trompeurs, de ton orgueil coupable,
Jusqu'au jour où de Dieu la main inévitable
Te jetera tremblant, découvert et honteux
Dans l'abîme éternel, loin pour jamais des Cieux.

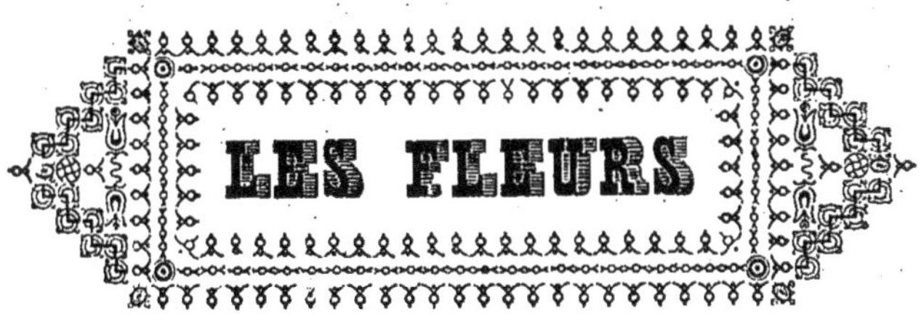

Aujourd'hui, dans mes vers, je veux chanter les fleurs,
Leurs suaves parfums, leurs brillantes couleurs;
Le soleil les colore, et le vent les caresse,
Protége leurs amours, leur naïve tendresse.
La rosée à leur front jette des diamants;
L'abeille en fait son miel. L'homme seul, de ses chants,
A ces reines des bois peut adresser l'hommage.
O noble poésie! harmonieux langage,
Prête-moi tes beautés qui ravissent les cœurs,
Aujourd'hui, dans mes vers, je veux chanter les fleurs!

Luxe de la nature, elles parent la terre;
Au milieu des jardins, dans un lieu solitaire,
Ce sont elles, toujours, qui charment le regard,
Soit qu'une habile main les cultive avec art,
Soit que, filles du Ciel, elles naissent sauvages,
Sur les monts, dans les bois, sur d'agrestes rivages,
Toujours, leur doux aspect, leur grâce, leur beauté,
Font sourire ou rêver d'amour, de volupté!

L'homme enfant les admire, et joyeux, s'en empare ;
Il s'en forme un trésor dont il devient avare,
Ou les donne en jouant à de gais compagnons,
Couchés à ses côtés sur des lits de gazons.
La jeune vierge encor mêle à sa chevelure
Les simples fleurs des champs, attache à sa ceinture
Le bouquet que, rêveuse, elle cueille en marchant,
Ou reçoit comme aveu d'un amour innocent.

L'amant offre des fleurs à la femme adorée
Qui charme ses regards, absorbe sa pensée ;
Il cherche à révéler son amour, son espoir,
Ou ses jaloux transports, son muet désespoir
Par le choix, l'union, de ces fleurs enivrantes
Qu'il assemble avec soin, qu'il sait être éloquentes,
Et, d'une fleur rendue, effeuillée à ses yeux,
Espère, attend, reçoit, les plus tendres aveux.

Le barde, le poète en décore sa lyre,
En couronne son front. Une fleur qu'il admire
Suffit pour animer sa poétique ardeur ;
Et le sage lui-même, et l'austère penseur,
S'il marche en déplorant quelque douleur humaine,
A l'aspect d'une fleur sent alléger sa peine,
Renaît à l'espérance, attend des jours meilleurs,
Et voit à l'horizon de moins sombres couleurs.

Les fleurs dans les palais entrent en souveraines,
En or, en diamants, sur les voiles des reines ;
On les voit éclater. Pendantes en festons,

Sous les lambris dorés, sur les plus nobles fronts,
Aux feux étincelants de factices lumières,
Elles mêlent leur grâce, et, des pauvres chaumières,
Des hameaux et des champs, des jardins et des bois,
Jusque dans leurs palais, elles parlent aux rois !

Elles ornent aussi nos fêtes populaires,
Les arcs triomphaux, de guirlandes légères,
En ces jours sont parés, sur le bronze ou l'airain,
Pour fêter le bonheur d'un peuple souverain,
Des fleurs, des fleurs encore avec art enlacées,
Balancent dans les airs leurs têtes parfumées : [ceaux]
Tandis qu'un peuple heureux sous leurs riants ber-
Se promène en chantant quelques hymnes nouveaux.

De ces fleurs, ornement des fêtes solennelles
Quelques débris sacrés, quelques saintes parcelles,
Sont parfois le trésor d'un être au cœur brûlant.
Dans ce rameau séché que lui jette le vent,
Il voit un souvenir de la chère patrie
Pour laquelle, avec joie il donnerait sa vie,
Dont il rêva longtemps, la gloire, le bonheur :
Et ce rameau sacré ne quitte plus son cœur.

A tous les sentiments, à toutes les souffrances,
Les fleurs vont se mêlant. Naïves espérances,
Ambitions, amours, poétiques ardeurs,
Partout autour de vous, nous retrouvons des fleurs.
Et ces fleurs, que plusieurs pensent être inutiles
Embellissent encor les plus pauvres asiles,

Consolent la vertu, condamnée au malheur,
Et révèlent un Dieu qui veut notre bonheur.

Ce Dieu qui les créa brillantes, éphémères,
Comme la blanche écume au bord des eaux amères,
Veut que les mains de l'homme en couvrent ses autels.
Il veut que leur arôme et les vœux des mortels,
Ensemble confondus montent jusqu'à son trône.
Aussi, profusément à la terre il les donne,
Aux arbres élevés, à l'arbuste, aux buissons,
Aux forêts, aux déserts, aux côteaux, aux vallons.

Aussi, nos temples saints, du parvis jusqu'au faîte
Sont tapissés de fleurs; aussi, pas une fête
Solennelle, touchante, où ne brillent des fleurs.
De la religion elles semblent les sœurs.
L'enfant reçoit du prêtre une sainte rosée
Au milieu des parfums. La jeune fiancée
A sa blanche couronne, et près des noirs cyprès
L'immortelle aux tombeaux raconte nos regrets;

Oui, quand la froide mort ferme notre paupière,
On entoure de fleurs la demeure dernière
D'un cœur, qui ne sent plus la douleur ou l'ennui,
Celui qui nous aima croit voir autour de lui
Errer avec bonheur notre ombre consolée,
Si, de brillantes fleurs une tombe entourée,
Témoigne ses regrets, sa profonde douleur,
Et le long souvenir qu'il nous garde en son cœur!

O fleurs ! de l'univers vivante poésie,
Vous consolez les morts, vous enchantez la vie,
Vous parez la beauté, rehaussez la grandeur ;
Offrande d'un cœur pur, vous plaisez au Seigneur.
　Enfant, je vous aimais ; je vous chéris encore.
Qu'une seule de vous ou parfume ou décore
Ma demeure ignorée, et tout prend à mes yeux
Une grâce nouvelle et je bénis les cieux.

AMOUR ÉTERNEL

Tu ne veux rien de plus, un amour éternel !
　Mais, tu ne sais donc pas, ô femme !
Que, si l'amour durait jamais on n'eût du ciel
Révélé les secrets pour consoler notre âme !

Du destin des mortels les dieux seraient jaloux ;
　Ils envîraient nos douces chaînes,
Et bientôt, on verrait les anges à genoux
　Demander des formes humaines.

Toujours d'un même objet être épris, être aimé,
　Ce bonheur n'est pas de la terre.
Nos cœurs sont inconstants, mais il nous est donné
　D'aimer toujours, de toujours plaire.

Et l'amour.... de la vie, il est l'unique bien !
A quoi le comparer. Tout le reste n'est rien.
    A lui seul il est l'existence,
Il est l'âme du monde, il en est la beauté.
Il donne aux nuits leur charme, au jour sa pureté,
    Aux sons, leur magique puissance.

Il est tout, et sans lui la vie est un fardeau.
Mieux vaudrait mille fois le néant, le tombeau,
    Qu'une pâle et froide existence
Dépouillée à jamais de ce bien précieux.
Aimons en tous les temps, aimons en tous les lieux,
    Et s'il se peut avec constance.

Mais, ne demandons pas aux maîtres immortels
De célestes trésors, des amours éternels :
    Contentons-nous ô mon amie,
D'un amour qui succède à l'amour qui s'enfuit,
Comme le jour succède à l'ombre de la nuit,
    Les boutons à la fleur flétrie !

Qu'importe au lys des champs, à l'arbuste, au buisson,
Aux fleurettes des prés, aux touffes de gazon,
    Quand ils reçoivent la rosée,
Que la perle du ciel qui couronne leur front
Soit la même toujours et d'un même rayon
    Chaque matin soit colorée !

MA PLACE AU PARADIS

Hélas, je n'aurai pas de place en paradis,
O mon Dieu, s'il faut pour vous plaire,
Toujours être à genoux sur vos sacrés parvis,
Dire à tout heure son rosaire,
Jeûner à temps marqués et porter sur son sein,
Et la nuit et le jour les reliques d'un saint.

S'il ne fallait qu'aimer la faible créature,
Comme moi; l'œuvre de vos mains,
Être reconnaissant et pardonner l'injure,
Et vous dire tous les matins,
Mon Dieu, bénissez-nous, nous vos fils sur la terre,
Donnez-nous le travail qui chasse la misère,
Tous les vices et les ennuis,
Et, s'il existe un paradis
Laissez-y pénétrer toutes ces pauvres âmes
Qui souffrent ici bas; et ne jetez aux flammes,
Au feu de l'enfer éternel,
Que le diable, ennemi mortel,
De tous les fils d'Adam, de toutes filles d'Éve

Depuis le jour fatal, où dans son premier rêve,
En des lieux enchantés, sur un arbre inconnu,
La mère des humains vit le fruit défendu!

S'il ne fallait pas plus, ô mon Dieu, pour vous plaire
    Alors je nourrirais l'espoir
Après ces jours mêlés de joie et de misère,
    D'aller au ciel aussi vous voir!
Mais, je n'ose penser que sans la moindre peine
    On puisse obtenir votre amour,
Et qu'un peu de prière et de bonté nous mène
    Tout droit au céleste séjour!

L'ÉGALITÉ PARMI LES HOMMES

Non, Dieu n'est pas un père injuste ou partial,
Pour chacun de ses fils, son amour est égal!
A tous un même jour il a donné la vie;
Il partage entre tous sa tendresse infinie.
Pour eux il a créé le pur azur des cieux,
Où brille le soleil, bienfaisant, radieux,
Il leur donne des jours l'éclatante lumière,
Les nuits au doux sommeil reposant la paupière,
L'air pur, vivifiant, les diverses saisons,
Les bruits harmonieux, les vastes horizons.

Il leur donne les jeux et les ris de l'enfance,
L'amour, lien des cœurs, charme de l'existence,
La pensée au long vol embrassant l'avenir,
Sans perdre du passé le riche souvenir!
Nul n'est deshérité par ses mains paternelles,
Tous, ont leurs droits écrits dans ses lois éternelles.

Comme fils de ce Dieu , l'homme apporte en naissant
Des titres protecteurs pour son front innocent;
Ceux qui , plus tôt que lui reçurent l'existence
Doivent un tendre amour à sa naïve enfance,
La terre de ses champs lui doit les longs épis,
De ses arbres nombreux, elle lui doit les fruits,
Pour l'été , de ses bois, elle lui doit l'ombrage,
Pour l'hiver, les rameaux arrachés par l'orage;
Elle lui doit le lait de ses riches troupeaux,
La toison des brebis et la chair des agneaux.
Elle lui doit la vigne au doux soleil murie
Les ondes du ruisseau, l'herbe de la prairie,
Même pour compenser d'inévitables pleurs,
Elle lui doit encor des parfums et des fleurs!

Et pourtant, de ces fils, tous nés d'un même père,
Combien n'ont point de part aux trésors de la terre,
Combien libres, joyeux, dans les bois, dans les champs
N'ont jamais au soleil formé leurs jeux d'enfants,
Savouré le lait pur, ou le miel des abeilles,
Cueilli les fruits dorés, ou les grappes vermeilles,
Des fleurs de la prairie admiré les couleurs,
Et créé des bouquets, pour leur mère, ou leurs sœurs

Quelques élus du sort se partagent le monde,
Pour eux, la terre est belle, et prodigue et féconde,
Sans que leur bras s'épuise à creuser des sillons
Elle leur fait présent de ses riches moissons.
Dans les lieux les plus beaux, en de vastes demeures,
D'amour et de festins ils emplissent leurs heures !
Tandis que, sous le faix d'un travail incessant
Une foule succombe, ou vit en gémissant.
Du riche ou de la faim cette foule est esclave,
Toujours elle murmure et toujours on la brave.
Toujours, toujours l'orgueil, de ses coupables mains,
Sur la terre en deux parts divisa les humains.

De ces parts, l'une altière, arme des sentinelles
Pour garder ses trésors, ses jardins, ses tourelles,
Ses enfants blonds et frais aux robes de velours,
Ses femmes aux fronts blancs, aux superbes atours.
Elle a le doux soleil, les ravissants ombrages,
Les brises de la mer, les bains de ses rivages,
Les fruits, les fleurs des champs, les chars et les chevaux,
Les repas somptueux, les plaisirs, le repos !
L'autre, n'a pour tout bien que le pavé des rues,
Quelques pauvres maisons, désertes, sombres, nues,
Des ateliers malsains, éternelles prisons,
Des lampes pour soleil, des murs pour horizon ;
Elle a des aliments rebut de l'opulence,
Des enfants, en naissant, voués à l'indigence,
Du repos sur la paille et du travail encor ;
Du travail pour bonheur jusqu'au jour de la mort,
Ou, quand l'âge a glacé sa main laborieuse,

Pour dernière douleur, l'aumône injurieuse!

Ah! ce honteux partage, œuvre d'iniquité,
Des hommes et du ciel en tous temps abhorré
Sera-t-il éternel? Des sages, des prophètes,
Des volontés du ciel fidèles interprètes,
Phares resplendissants, aux soudaines clartés,
Vainement ont paru dans les siècles passés.
Toujours par le mensonge ou par la violence,
Quelques hommes pervers obtenaient la puissance,
Et des peuples martyrs pour étouffer la voix
D'un glaive encor sanglant venaient tracer des lois.
Un Dieu même est venu sous des formes mortelles,
Répéter aux humains ces paroles si belles :
« Aimez-vous, aimez-vous! L'un sur l'autre appuyés
« Parcourez les chemins que Dieu vous a tracés ;
« Que l'un n'ait pas la fleur et l'autre les épines,
« Aimez-vous, aimez-vous!.... » Ces paroles divines
Comme l'éclair brillant qui déchire les cieux
Et jette son éclat à la fois en tous lieux,
Au fond de tous les cœurs jetèrent la lumière.
Alors on vit crouler et tomber en poussière,
Les temples des faux dieux, trop longtemps encensés ;
Alors à deux genoux les peuples prosternés
Devant une humble croix se mirent en prière.

Qui n'eut cru dans ces jours au bonheur de la terre,
Qui n'eut dit en son cœur, tous malheurs sont finis.
Les hommes par l'amour sont à jamais unis!
Et bien, non. Le mensonge appui de l'injustice

De l'orgueil indompté, de l'infâme avarice,
Ranima leur espoir, seconda leur dessein,
Les rallia tous trois, leur prêta son venin,
Comme le soir au cœur, un poignard homicide,
Il se glissa bientôt ténébreux et perfide,
Au milieu des chrétiens. Les trônes, les autels
Servirent à l'envi ses désirs criminels.
Il ramena vainqueur la hautaine opulence,
Et laissa pour tout bien, à la triste indigence,
La vertu, le travail, l'espoir de jours meilleurs,
Quand la mort désirée aurait tari ses pleurs!
C'est lui, qui fit deux parts de nos races humaines,
Deux parts, dont l'une hélas, pour son lot eut les peines,
L'autre tous les bonheurs. Et pour les séparer
Il bâtit un rempart qu'il a soin d'étayer.
C'est lui, lui, qui s'abreuve et de sang et de larmes,
Lui, qu'il nous faut combattre avec toutes les armes,
Avec les cris du cœur et le fer et le feu!
C'est lui contre lequel, il faut au nom de Dieu
Prêcher une croisade, une ligue sacrée,
Qui venge des humains la part deshéritée,
Lui rende le soleil, la liberté, l'amour,
Le doux repos des nuits, et le travail du jour.
Le travail honoré trouvant pour récompense,
Les douceurs du foyer, les baisers de l'enfance,
Les chastes unions, les innocents plaisirs,
Les saintes amitiés, les pieux souvenirs.

LE BONHEUR

Le bonheur, des mortels, c'est le rêve insensé,
C'est, l'éternel mirage incessamment placé
    A l'horison brillant ou sombre,
Qui fuit devant nos pas. C'est un soleil trompeur
Météore d'un jour, sans vie et sans chaleur,
    Qui passe et nous laisse dans l'ombre!

Et tous, avec amour nous lui tendons les bras;
Tous, nous croyons à l'heure où, tu nous l'enverras
    Ce bonheur, ô toi, Dieu suprême,
Qui nous donne la soif d'un breuvage inconnu,
La faim de ce fruit d'or, à jamais défendu,
    Que tu réserves pour toi-même!

Oui, l'enfance, au bonheur, sourit dès le berceau,
Et la triste vieillesse, approchant du tombeau
    Lui jette encor un œil d'envie.
De tous il est le vœu, du héros, du penseur,
De l'homme sans vertu, de l'homme au noble cœur,
    Même, il est le vœu de l'impie.

De la nature entière il est l'ardent désir,
Tout ce qui vit l'appelle et ne le peut saisir.
    Pour la pauvre fleur étiolée
Il est le chaud rayon qui donne la couleur,
Pour l'arbuste altéré, qui se penche et qui meurt
    Il est la pluie et la rosée !

Pour le rivage aride, il est un gazon vert,
Pour l'ardent Sahara, la brise de la mer,
    De hauts palmiers, un fleuve immense;
Pour l'avare inquiet, il est dans un trésor,
Pour le pauvre qui souffre, il serait un peu d'or
    Et pour le riche l'innocence !

Pour nos cœurs, le bonheur, ah ! ce serait l'amour;
Mais le plus pur, hélas ! s'évanouit un jour.
    Passez donc, ô jours de la vie
Comme passent les jours de l'arbuste altéré,
De la fleur sans soleil, du désert embrasé,
    Du pauvre à qui l'or fait envie !

La vie a peu d'instants et peut-être le ciel
A voulu qu'ici bas d'absinthe au lieu de miel
    Notre coupe ici fut remplie ;
Pour que tous, sans effroi, sans regrets, sans douleurs,
D'un monde passager nous détachions nos cœurs
    Pour voler vers une autre vie.

Peut-être aussi, peut-être, ô terrestre tourment !
D'être heureux ici bas, désir toujours croissant,

Toujours nouveau , trompé sans cesse,
Présages-tu pour nous un bonheur éternel,
Douce réalité , qui nous attend au ciel,
   Après tant de jours de tristesse!

Ah! je voudrais le croire, hélas, et malgré moi
A toute heure j'entends une cruelle voix
   Qui répète avec ironie,
« Vivre, c'est désirer, attendre le bonheur ;
« Mourir c'est en finir de ces rêves du cœur,
   « C'est le néant après la vie. »

On m'a dit : — « Dans tes vers, il est quelque mérite,
« Nobles, harmonieux , ils renferment souvent
« De ces mots qui feront battre les cœurs d'élite,
« Qui doivent révéler un poète naissant.
« J'ai la foi qu'à ton nom s'attachera la gloire ;
« Que ce nom grandira de succès en succès ;
« Et que plusieurs un jour garderont ta mémoire
  « Dans les hameaux, dans les palais.

« Pourtant, tu peux chanter bien long-temps ignorée,
« Même, tu peux mourir au milieu des douleurs,
« Sans qu'on sache ton nom, sans être plus aimée,
« Sans qu'un regard ami récompense tes pleurs.
« Pour attirer à soi cette foule insensée
« D'hommes perfides, vains, corrompus jusqu'au cœur,
« Il faut que le poète aiguise sa pensée,
  « Arme son bras d'un fouet vengeur !

« Alors, il voit à lui, venir pleins d'espérance
« Ceux qui voudraient frapper un dangereux rival ;
« Tous lui battent des mains, on l'entoure, on l'encense
« Car l'homme nait méchant, il se plait dans le mal !
« Si tu veux qu'on te suive aborde la satire ;
« Ne chante plus les bois, ou la mer, ou le ciel,
« Sous des doigts irrités laisse vibrer ta lyre,
 « Sur ton chemin, répand du fiel !

« Il n'est pas qu'en ton âme, il n'existe une place
« Où dorment la colère et d'amers souvenirs,
« Et bien, réveille-les, et ne fais point de grâce
« A ce monde pervers, qu'on ne sait trop punir.
« Jette au lâche son nom, au superbe un sourire,
« Un mot, un seul regard, pleins d'un juste dédain,
« A tous la vérité, le plus cruel martyre
 « Et la terreur du genre humain ! »

Et moi j'ai répondu, ne placez sur ma tête
Ni couronnes de fleurs, ni branches de lauriers,
Mais, laissez-moi rêver ; il ne faut au poète
Que la voûte des cieux, l'ombre de l'olivier.
Oui, j'ai des souvenirs et de saintes colères
Qui se sont endormis dans les plis de mon cœur,
Oui, j'ai baigné le sol de mes larmes amères
 Mais, l'oublier est un bonheur !

Et ces tourments, ces pleurs, ces colères domptées,
Ces amers souvenirs, ces craintes, ces regrets,
N'est-ce pas le foyer des célestes pensées,

N'est-ce pas le trésor qui ne tarit jamais.
Les fleuves, les torrents, pardonnent aux orages
Qui grossissent leur onde, écartent leurs rivages,
Le champ pardonne au fer, qui trace des sillons
    Précurseurs de riches moissons.

Et bien, moi, je pardonne à ceux qui m'ont frappée,
A ceux, qui sur mes pas ont semé la douleur ;
A ceux qui m'ont trahie, à ceux qui m'ont aimée,
D'un égoïste amour, étroit comme leur cœur.
Je pardonne au méchant sa noire calomnie,
Au superbe son air protecteur, dédaigneux,
Je pardonne à la haine, à l'injure, à l'envie,
    Si mon sort fait un envieux !

Même, je ne vois plus ces misères humaines,
Qui m'ont tant abreuvée et d'absinthe et de fiel,
Le bonheur des méchants ne cause plus mes peines ;
Je n'en murmure plus en accusant le ciel.
Je ne m'occupe plus de la foule qui passe
Insouciante, heureuse, en ignorant mon nom :
Je n'entends plus sa voix, je ne suis plus sa trace,
    Vers la terre, inclinant mon front.

De plus vastes objets absorbent ma pensée ;
Sur ses propres ennuis on ne saurait gémir
Alors qu'on a vécu sur la terre baignée
De tant de pleurs amers qu'on ne voit point tarir.
Alors que, du passé rappelant la mémoire,
Arrachant les secrets de tant de nobles cœurs,

On n'en trouve pas un, que le doigt de l'histoire
　　Ne vous montre plein de douleurs !

Ah ! si d'une colère ardente, infatigable,
Sous le souffle de Dieu, je me sentais saisir,
Certes, de mes ennuis, de moi, d'un grain de sable ,
On ne me verrait pas occuper l'avenir.
Mais, le front irrité , respirant la menace,
Je parcourrais la terre, une verge à la main ,
Et de l'iniquité, du méchant, de sa race,
　　Je vengerais le genre humain.

Je m'écrîrais, voyez ces infectes demeures
Où naît, vit, souffre et meurt tant de chair et de sang,
Le pauvre les remplit. Là s'écoulent ses heures
Éternelle agonie, indicible tourment.
Là, son front se pâlit , sa force se consume
Pour procurer au riche un luxe criminel.
Là, son cœur se corrompt, sa colère s'allume,
　　Là, son âme doute du ciel !

Sur nos vastes cités, nouvelles Babylones
Où la vertu se meurt au milieu des tourments,
Où l'infâme est puissant, où le vice a des trônes,
Je voudrais labourer avec des fers brûlants.
Et, sans cesser jamais, villes folles, impies,
Ma voix, ma voix terrible, appellerait sur vous,
Sur vous, qui vous gorgez du suc de tant de vices
　　L'œil du seigneur et son courroux.

Mais Dieu tient en ses mains les immenses colères,
Augures précurseurs, d'immenses châtiments
Ainsi qu'il tient la foudre et les ondes amères,
Les vents impétueux, les flammes des volcans.
Il les donne à celui qu'il a fait invincible,
Dont il marque le front avec son doigt divin.
Il lui dit : « Va, je suis le Dieu fort et terrible
    « Et je marche sur ton chemin. »

Toute âme sur la terre a sa route tracée
Par la main du seigneur. Des ailes de l'oiseau
Il mesure le vol. De la graine semée
Il fait l'arbre ou la fleur, le chêne ou le roseau.
Moi, je suis le roseau que la brise balance,
Que les vents ont frappé sans jamais le briser ;
Comme le haut palmier, comme le chêne immense
    Dieu n'a pas voulu m'élever.

Heureuse cependant, j'accepte ce présage
Qu'un jour, dessous le chaume ou les lambris dorés
On redira mon nom, on relira la page
Où mon âme, où mon cœur se seront révélés.
Que ces chants, que ces vers, reflets de ma pensée
S'ils ne rendent mon sort plus glorieux, plus beau,
Survivent à ma voix et la rendant sacrée
    D'amour entourent mon tombeau !

9 782014 059199